塔21世紀叢書第二六〇篇

赫き花

落合けい子歌集

現代短歌社

目次

赫き花

雄鶏

入りつ日の海に触れゐるひとところ左へ動く
波黒く見ゆ

加速して海に溶けゆく日輪の赫きはまりて闇
になりたり

このあさけ夜久野《やくの》峠を下りくる肉冠うすき雄
鶏ひとつ

走り来し男の靴がバス停に靴クリームのにほ
ひを流す

母さんの念力強き鯰尾《ねんび》橋はしのたもとでまた
転びたり

仰向けにふたつ並びて眠りゐる大鍬形はつれ
あひといふ

派出所に電話鳴りゐる夕つかた人をらぬらし
いつまでも鳴る

あたためし牛乳の膜ひきあぐる午前零時に電
話なりいづ

このごろの疲れは雪のせゐらしくもこもこに
なり転がつてをり

全身に泣いてをりしに夜の風に感慨深く立つ
雪だるま

シガレットの銀紙のばすつれあひの指先する
するのびて鶴になる

熱の紐

つきあひの大事な大事な村ゆゑのこの家《や》のけふの寂しき葬り

夜のふけを尾のなきものら集ひきてさすらふごとく花によりゆく

九度三分上がり下がりす熱の夜に夫のゐなくて母を呼び出す

月光に漬物樽の並びゐて樽それぞれに母坐りをり

熱の紐やうやうほどけ軽くなるこの身いとしも素直にならむ

いつまでも呼ばれぬわたし忘れられ消えてゐるのか日は明るくて

天井もロビーも全面ガラスなりガラスは睡魔あかるき睡魔

黄のファイル横に振りつつこれはこの部屋に出すのかと問ふ男あり

笑顔にて首を何度も縦に振りこゑ出さぬ人わ
れといふ人

たうとつに水の音して廻りだす自動散水また
眠くなる

藪なかに揺らめいてゐる午後の日は黄色がか
りて秋のやうなり

竹と竹しなひてここは海のそこ潮《しほ》の音する引き潮どきの

海鼠などはじめて食べし人のこと思ふ夜更けに山火事おこる

髪の毛の切れる心地ぞ月しろく首括らるる雄鶏のこゑ

うつせみに浅く腰掛け燃え盛る山を見てをり
火は美しき

雨の日のあの沈黙は長すぎて誰が悪いといふ
わけでなく

燃え尽きるまで見てゐても火になれぬこの身
のために帰りませうよ

夜汽車

海見ゆる山に眠れる母のゐてわたしは九つの
少女になりぬ

大き墓小さな墓も欠けたるも傾きながらいた
はりあへり

新しき墓の裏より現れし男おほきな鞄さげをり

落葉焚く炎の先ゆ揺らぎでる火の粉ひらひら笑ひつつ消ゆ

入相の鐘なりはじむ帰らむよ待つ人のゐる夢前《ゆめさき》の地へ

あついあつい夏だつたのよといふ母を土の闇
へと戻してやるも

列なりて夜汽車の黒く通りゆく走ればひよい
と飛び乗れさうで

母よりも年を重ねて母さんはわたしの生みし
子供のやうな

液晶画面

ひとり来てかがむ水辺にとろとろの蜜のやう
なる日の差してくる

たぎつ瀬に光あまねくふりそそぎ火花のごと
く水しぶきをり

さざ波のかげ水底に揺らめきて液晶画面に入りゆくやうな

二次元はこんな景色かひたすらに水の音して水の流るる

いにしへは赤き蜻蛉にありし石　息吹きかけて川原へもどす

倒木のはだへに群るるくさびらや山伏の来て
数増やしたり

地を這ひて立ち上がりまた伸び上がり絡みあ
ひつつ葛の群れゆく

ヨーロッパに流行《はやり》し病ひ眠り病数百万の死に
し世のあり

後頭へひびく女のこゑ　今さ、あんたのトランク何が入つてる

パルナスのお菓子の歌は少しだけ少女のわれを切なくさせき

左側二番目の脚から蟻は歩くと聞けど確かめられず

飛行機雲

楽しげにぶらさがりゐる山葡萄しごけば落つるずりずり落つる

水道の蛇腹の腹の腹ごとにとても小さなあなたが笑ふ

一面の空の青さを傷つけし飛行機雲は蒸気の
凝縮

こもごもに影落としゆくはつなつの日暮れを
つつむ弟のこゑ

「乗ろ乗ろ」と誘はれたれば「うんうん」と
出づる口なり乗らずともよし

ドア開くたびに走れる新聞紙あしくびに触れ
明石に降りつ

明石には蛸鑑定の試験あり蛸は賢い蓋を捩ぢ
開《あ》く

帰り来てたれも居ぬ家こゑだしてしんどかつ
た埃をはらふ

玄関にバッグを置きて風呂場へと服脱ぎなが
ら湯に入るなんて

闇を裂き闇より黒く連なりて夜汽車過ぎつつ
しづかなりけり

じゆくじゆくと熟してゆくは戦争と炬燵の上
の蜜柑の山と

くろぐろと霜枯れながら立ちてゐるこの塊は
蓬とおもふ

日本の中年男と米兵に茂りつづける自殺者の
数

碧き目のさはだつ日日を偲びゐむ硝子のなか
の百済観音

水瓶を持つしなやかな掌は前から見えず横にまはりぬ

鬼のいふたましひのこゑ土鬼は欲の塊《くわい》　おぼち、すすぢ、まぢち、うるぢ

春泥に足踏み入れてすぎるとき好きに生きよと泥のこゑする

廊下には梅のかをりの流れゐて海鼠の壁の崩れつつあり

無縁さん

母さんにあふたび通る無縁さん軍曹殿が敬礼
をする

この石は釘貫正二無縁さん陸軍歩兵軍曹勲七
等

戦病死は無念でしたでせう釘貫正二軍曹二十
五歳

参る人なくても有つても満開の桜はすぐに散
りますほどに

血管は川　髪の毛は草　骨は岩　宇宙はあな
たにもありました

川岸を埋める菜の花むせかへりうつつの春は
破れさうです

ぐらぐらと日の落ちゆきて遠くよりしばらく
聞こゆ祭り太鼓の

黄楊の葉に蜘蛛の巣しろく広がりて帰るべき
ものみな帰りけり

ケーキ食べてケーキ食べてと寝言いふつれあひなれどをかしな男

揚げソバはムンクの叫び　盛り蕎麦は彼女の気鬱ずるずるずるずるる

張り詰める時間ゆるゆる撓めつつ手繰り寄せ異国に家族と会ひし

家族の再会はジャカルタだった。

満開のしだれ桜の散りはじめ黙してさびし言
の葉かなし

鮮やかに北のあしたの開けたれば国営の芥子
畑つづくゐ

水族館

とぶ鷺の羽の裏より透きとほる骨のうすずみ
撓ひつつ飛ぶ

ゐのころに音たたぬほどの風過ぎて水族館は
高く見えたり

ポケットの砂を落として走り出す子の影さらふ稲田のうねり

近づくに見えず上より覗きこむ抱卵の雉は前を見てをり

緑葉の人参畑に溶けてゐる母なることの嬉しき雉子《きぎす》

二度で切れまた直ぐに鳴るゆふぐれの電話は
きつと父さんだらう

かなかなは隣の庭にないてゐる妙に昔を引き
寄せてくる

時間とはゴムのやうなり伸び縮み伸び縮みし
てたはやすく消ゆ

空き地には野原薊の群れながら乾いた風を呼
びこんでゐる

るいるいと血のにほひする聖地へと征く人ら
あり夢にはあらず

五万個の核繁りゐる乾坤の一点絞り白鷺の消
ゆ

縮緬袋

両の手に捕まれし鰻も少年も口開けてゐるう
なぎは鳴けり

こゑを出すあそびは楽し十方に声のかけらを
ばらまけよかし

メダカはな、デパートで買ふ思とつてん　こどもらは直ぐどろどろになる

両足に力を込めて立ちてをり桃明かりする夢のなかにて

とうさんのべろり一皮剝けたとはピカドンのこと今頃に言ふ

お前にはふにやふにやら遺し置くこのごろ父は縮緬袋

怒つても解決しない風草は夕日の色をまぜてゐるなり

花粉

溝川の短き橋は丸太橋　尾羽ふりつつゆく黄鶺鴒

寝る前のワインうれしも瓶あけて殺人犯にされし夢見し

被害者と同じ血痕のつきゐると軍用バスに連
行さるる

夢なれど仕組まれてゆくその過程なまなまと
して感触のあり

同じとこ二回嚙みたる口内炎治らぬままに花
粉とびくる

脳《なづき》まで花粉詰まりて放心す食べても食べて
もお腹の減るよ

ペンギンは飛ばず泳ぎぬ見えねども三十万ト
ンの黄砂とびをり

パソコンが喧嘩の種になりながら今日の花粉
も非常に多い

葉桜の坂あがりゆく父さんの見えなくなりて
日のさしはじむ

身のめぐりみな水よりも薄ければ争ふときを
争はず来し

朧夜の蠟のあかりに似し記憶継ぎ足しながら
編みあげゆくも

沈めゐし記憶の底を広げつつ二夜はなせり楽になりゆく

月の夜の岸辺に立ちて母さんと引き合ふ夜ふけ花粉のふぶく

たんぽぽになる

この日ごろ遊ぶ子供の声のなし日本まるごと
消えてしまふぞ

リモコンを胸にしばらく眠りゐしたんぽぽに
なり谷を見て来し

このたびは十一歳の女子児童死ぬまでを立ちて見てゐしといふ

ゑのころは風に揺れつつかはしつつ風なきときは風を呼びをり

ひび同じ六時四十分に帰り来てつばめは黒きまなこを閉ぢる

ゆふぐれにグレーを着るな　道に溶け突然すくと現れるゆゑ

いつまでもあかるき宵に付け火あり芦田仏壇店裏手の倉庫

隠し場所思ひ出せないキンツバの光る蛙になりさうな夜

上、左、下、右、上と目を回す目の体操に雑
念払ふ

朝早く見事に黒き猫の来て庭をよぎりぬ一瞥
をして

いかほどの残年ならむ戌年の九紫火星と相性
は良い

戦犯と聞きしは二十歳《はたち》葉桜のしづくひとすぢ
ひかりて落ちき

属国になる日の近き心地して水仙の固きつぼ
みに触れぬ

雲雀なく如月二十日《はつか》この年の初鳴きのその一
心のこゑ

球根のやうな危なさ感じつつ聞くよりほかは
何もせざりき

月のない春のひと夜の短さのえにしと思ふ歌
をかこみて

お煎餅おいしかつたと食べ終へて礼言ひしの
ち嫗逝きしと

免罪符は人が造りし　ミケランジェロは最後
の審判に裸体ばらまけり

ムクロジ科半透明の茘枝《ライチー》の実くにくにとして
国ほろぼしつ

名にし負ふ外務省はもエリザベス、ブッシュ
の靖国参拝辞退せし

美しきスパイをあまた娶りつつ国のことばも
攪拌さるる

鷗らの帰りゆく日の近からむ鳥に手のなくわ
れに羽なく

夕まけて向かうの坂にくろぐろと立ちてゐる
のは梅の木と思《も》ふ

坂の上に曲がりつつ立つ梅の木に昔どこかで
あひたるやうな

枯れおちば衜へなほして三ひらほど確り衜へ
鴉が歩く

陸橋を越えゆきし蝶ゆつくりと百合の大樹に
沈みてゆけり

シンガポール

車まで出迎へに来し孔雀らはほとんど羽の抜けてゐるなり

ナナフシの馬鹿でかいのを見てをればナナフシの目が動きだしたり

ナナフシの動かむとして前脚に後脚ふれ枝をつかみぬ

シンガポールゆ帰りしのちの風邪長く誰か激しく怒りてをらむ

歳月は羽のかるさや思ひ出は風景にしてにほひを持てり

マーガレット白く揺れゐるひとところ過ぎる
時のま国を憂ふる

合歓

やはらかな蓬摘みゐる母と子の景に入り込む
元気にならう

蓬つむ横にゐる母わたしより若くわたしの
脳《なづき》が見つむ

山荒れて合歓《がふくわん》あかく咲きつづき夜さり温きに
会ひし日に似て

弟が偉さうに言ふ　捩花は米粒ほどの花開き
をり

立ち上がり葛の蔓先伸びてくる触れれば岸に
引きずられさう

土近く黄蝶とびをり逃げおほせたる戦犯もゐるきつとゐる

この世とはわたしに会ひに来しところ薄きカップの肌にふれつつ

廻しつつ覗く筒にて美しき刹那刹那に呆けてをりぬ

赤子より小さな耳のふたひらがお前のすべて
あのひとが言ふ

しろがねの二枚翼におりてくる岸辺の風もぬ
くくなりたり

半夏生ほどけはじめし水の辺をひるがへりと
ぶ腰赤燕《こしあかつばめ》

おちかかるうそうそどきにをみな子の泣くこゑはげし通りすがりに

苛めてる可愛がつてる苛めてるもう判らない母と子のこゑ

厨よりくぐもりひびくに少しづつ近づきゆけばこの魔法瓶

会ふたびにトンボみたいと言はるるはロマンにあらず悪筆のため

裏藪にふくろふ啼けば部屋ぬちに妙子来てをり坐りてをりぬ

葉を閉ぢて合歓も眠りに落ちるころ樹皮煎じをり眠らむために

こゑ

あぢさゐの葉を食べながらまひまひの壊れし
殻のもどりてゆかむ

捩子花の終はりの花の咲ききれば梅雨明ける
とぞあと少しなり

蓮池を泳ぎゐし亀ハスの葉に頭をのせてふっと口開《あ》く

熱出しし男を二階へ押し上げてぐぢぐぢ言はむ電話引き攀《よ》づ

ちくわ持ち夜を出でくれば裏の子の泣いてゐるなり猫にはあらず

ああ、あれは行李のなかにしもうてる　藪の
なかより人のこゑする

風草もひたりと止まりしづかなりこんな良夜
に人を殺すな

頑張つて

琺と瑯いづれも王の字のつける琺瑯のあな
貴《たつと》き器

震へつつチープチープと音立てるプリンター
の刷るポストモダニズム

熱もちて出で来し紙の猫ほどの重さになるを
両手に抱きぬ

かなしみは薄くなりつつ遠き日のカバヤ文庫
の『シンデレラひめ』

空蟬に目も口もある脚もある脚に細かな棘と
げもある

空蟬に止まりゐし虫ぬばたまの星ひとつ割り
飛びゆきにけり

爪切りてから出たかりしにぐちぐちと夜の集
会はおもゆのごとし

ほうたるを浴びしからだにごくごくと呑む水
ぬるく夫一人持つ

かみつけのあそのまそむらかきむだく男の頭
こげるにほひす

ナイロンの袋を開けて団子虫大虐殺したと団
子虫見す

さみどりの花開きたる竹の言ふ　もうすぐわ
たし枯れてしまふの

いにしへは鳥にありしよ木の洞に小さな白き
卵産みにき

道尋ねゐる間に消えし媼ありこちらへ来つつ
脇道もなし

礼状に上等などと書きながら茂吉書簡のせゐ
だと思ふ

ご飯粒手の甲につけ怒りゐるわれは何者ロー
ソンに来て

かなしもよ小さき壺に蜜垂らすやうな嘘きく
日の暮れどきを

入り際のからくれなゐを引き寄せて立つ曼珠
沙華　あなたを見てゐる

諭されてゐるあの人の鼻先にさんざめく皺ああ怒つてる

暮れ方を迷へとばかり群がりてからくれなゐに立つ曼珠沙華

風落ちてゆきどころなき風吹けり萩をゆらして花をこぼして

挨拶のできないわたし頑張つて頑張つてがんばつて雪道帰る

タイミングの悪さ物言ひの拙さを引き摺りながら強くなりしか

冬日さす壁に縋りてゐる蠅のはらりと落ちつわが眼力や

顔つき

三箇所の予約をとりて順を待つ戦ふために疲れるために
エネルギー吸ひとるやうに育ちたる細胞にして顔つきは良い

頑張らうと言はれがんばつてみますと他人の
やうなわがこゑを聞く

細胞の顔つき良きが支へにて納豆まぜてゐる
二人なり

しんしんとさびしゆうなりて風のなかわが身
を抱く腕ありがたき

カモシカの汗は青色もしかして癌の薬のできないものか

月づきにとどく厚さはさびしさの厚さと思ひさびしさ開く

起きぎはの五分三分小刻みにねむりつつ聞くつばめらのこゑ

フェンスの隙間を縫ひてのびつづく蔓は何に
でも化けさうである

搔き取りしわが細胞は東京のいづこの部屋に
息づきをらむ

震へゐる右を左の手が握り大丈夫、大丈夫と
わが声をきく

二人して黒きぶだうを食《たう》べつつ考へること一つしかあらず

母さんがこの世を忘れゆくやうに楓《ふう》をゆらして風ふきはじむ

おしまひに小指引き出し五本指の靴下になる振つてみるなり

羊羹を薄くうすうく切るやうに助詞のひとつ
ひとつに凍る

透明の空気うごかし来る風に葛湯のやうな粘
りのありて

いくたびも暗証番号拒否されて機械の横に寄
りかかりたり

あぢさゐの下かげ白くゆれゐるはガーゼのやうな心のかげか

持ち時間減りつつ生くるはみな同じ生ハム二枚重ねて食べる

夢に来る母まれまれに口ひらきわが名を呼びぬ高き声にて

お前だけ頑張らなくてよいのだと芒がざわつ
と音たて流る

刈りごろの芒のひかる新月や母の居らざる五
十年早し

つまらんぞ、つまらぬことなど考へるなと兄
は何度も言ひて帰りぬ

なぜかしら声上げて泣く昼下がり夜の無音に
元気が戻る

夜のうちはしづまりゐしに昼過ぎて押し寄せ
てくる泣きたくはない

両の手に抱くによろしき冷蔵庫しつかり抱き
て声上げて泣く

声上げて泣けばしばらく楽になる番茶はぬるくさめてゐるなり

起きぬけに脳《なづき》のどこか繫がりて泣かなくなりぬ十月十四日

今日もまた泣かず過ぎたり玄関のカサブランカの汚れはじめて

泣かぬ日の七日続きてふたたびを泣くかと思
ふ日も過ぎにけり

船乗りのころの夫のラブレター破り捨てたり
二通残しぬ

ひるがへりひるがへりつつ走りゐる枯葉の音
す地をこする音

音立てて枯葉ひとひら寄りてくる自《し》がたまし
ひを見るごとくをり

歌ひとつできて嬉しき朝《あした》なり嬉しきこころ思
ひ出しつつ

従姉妹らの騒ぐこゑきくお昼どき少女のやう
に嬉しくなりぬ

宙に浮くよろこびの気を集めむと口を開きぬ
両手ひろげて

こころ

日光《につくわう》と月光《ぐわつくわう》さまはひむがしへ旅立ちにけり
はじめての旅

薬師さまひとり残りて坐りをりあるいはほつ
としてゐるかしら

告知されその名のごとく病み臥して足二本分
の崖に立ちゐき

日にちに波のありつつ心とふ楽器が今朝は元
気に鳴りぬ

ラジオよりいかなご情報流れ来る春となりた
りもうすぐ届く

なかば散る八重の桜を摘みゆくに儀仗兵とふ
ことば浮かび来

悲しみは非《あら》ざるこころ悲しみを並べてみれば
輝きてゐる

四《よん》はなあ、ちよつと横に置いとけと教へゐる
声うしろよりする

繰り返し読みゐる母の手紙なり旧カナの「さう」の多しよ

父さんと呼ばるることのなき夫あらそひしのち湯に浸りゆく

隣り家の子を叱るこゑ轟きて音立てぬやう窓を閉めたり

瘦身の女手品師大怪我ののちも手品をすると
ふあはれ

眠るにはまだ間のありて生きてゐる意味とは
れをりらじる★らじるに

戦争

群青を絞りてをりし朝顔の思はぬ大き花ひらきたり

川の字は美空ひばりの手相だと言はれてほんに嬉しくあらず

そんなには強くはないと争ひしのち種とばす
ピオーネ甘し

いま指に潰しし蟻の来し方を考へをりしたま
ゆらなれど

白百合の背中合はせに開きけり　謝つてゐる
のは私です

明日は晴れ日本全国晴れですと予報のありて
予報は予報

曼珠沙華くれなゐに裂けにんげんの滅びしの
ちの風景が見ゆ

戦争の終らぬ理由わたくしの悪いと思へそれ
ぞれのわれ

悪しきことばかり思ひしひととせのゆつくりなれど過ぎさりにけり

地下鉄はぬくくて波長の合はぬ人合はなくなりし人思ひをり

涙して笑ひし夜も二人なり　沸騰したとケトル鳴り出づ

秋されば一気に赫し曼珠沙華ゆふぐれどきを
鞭打つごとし

よろこびの歌

をりをりは遠くを見ようてふてふの近づいて
くる春のよろこび

絹糸のほそさに雨のふりはじめもうすぐ楓《ふう》を
ぬらすであらう

彷徨ひしこころの形ととのへて身内へもどす
背筋ののびる

よろこびは皮膚いちまいの深さにて空のまほらにサシバの消えつ

この身より出でしものみな還りきて喜びゐる
を魂といふ

奥まつた貯血室のその奥に検査室あり水の音する

昨年は泣いてゐました人間のこころは丈夫であなたが好きよ

無い物を数へるよりも有る物を数へよと飛ぶ浅黄斑の

炭焼き

あの夏の枕に浮かびし上半身　夫の祖父や助けてやると

航海士やめし夫のうら若く星の名前を教へてくれき

摩擦にて汽車は走りぬわたくしは歩いて進む
ときに休みて

さあ先づはカーテンを開け闇を消し両手広げ
て息ふかく吸ふ

玄関を開ければ胸を押してくるこもつたやう
な春の重さよ

粗樫《あらかし》を運び束ねて窯に入れ電車五輌を牽く火の燃ゆる

鼻のなかまで黒くなる炭焼きのけむりは虫も獣も寄せぬ

片方のまなこつむりて見てをればこの世の色の濃ゆくなりゆく

炭焼きに終はる一生も良からむか見えない雨が布靴ぬらす

胃痛にはサロンパス貼る父の居てわれもいつしかサロンパス貼る

曲水の宴

はじめての年に雨降り本殿の宴となりぬ琴ひびきをり

白塗りにおすべらかしに鬘つけ誰にもあらぬわれ立ち上がる

白き手はわれに振るらし手首だけわれも振る
なり誰か分らねど

二年目は生田の杜に霰ふり雨女ゐると広がり
ゆくも

坐らむとして転びたり小袿の裾が纏はるなか
なか立てず

三年のご奉仕なれば散りそむる花にうたれて
巫女と連れ立つ

晴れの日の雀になりたい　のちの世は遠くに
ゆかず花とあそびて

奈良の都

はばたきは向かうの山に吸はれゆき乳《ち》色の溜まる寒き朝なり

瓶と瓶ふれあふ音にめざめたる少女のころの靄のしろさよ

七回か九回か忘れ初めから　おん　ころころ
せんだり　まとうぎ　そわか

三日月に金と水との星と星ちかづく宵に足く
じきたり

ちかごろの鶏のこころを想へとやパックに立
てるたまご小さし

あをによし奈良の都は七重八重十重に曲がりて人並びをり

水平に眺めてみれば桑の木の碁盤の線のすこし波打つ

天平の紫檀の琵琶に描かれし琵琶弾く人の体の丸し

ぬばたまの漆の鞘の中ほどを二羽の兎の走りてをりぬ

羽虫は鳥　鱗虫は魚　裸虫は人にありしといにしへ人の

カイツブリ出で来るときが潜るより水の輪遠く広がりてゆく

母のゐしころにはあらぬ電気器具三つ使ひて
あたたかくゐる

つごもりの夜の畑を跳びゐるはクーラーボッ
クスの蓋にあるらし

春から秋へ

昨夜よりベッドに括りつけられし父が遠くを
眺めてをりぬ

三角や四角や丸き老いの顔ベッドに並ぶ空梅
雨にして

舌先にみな押し出して頭ふる食べたくはない
父の意思表示

黄の指を揃へて鷺のとびたてり昼の明るき雨
ふるなかへ

フロントの硝子に当たる雨粒の下から上へつ
ぎつぎ上る

澄む声に鳴く虫がゐるとふ夫よあれはわが家
の冷蔵庫です

音のなく庭の面をおはぐろの低く飛びつつ止
まることあり

川岸のペラペラヨメナは五月より彼岸過ぎま
で咲く帰化種なり

家にてもマスクをつけて暮らしをり元気なあなたにうつさぬやうに

あの人をまた怒らせて公園に都昆布を一袋食ぶ

遅れても走らなくても良いのだと麒麟は黒き舌だしてをり

とろとろにチーズの溶けてゐるやうな読めな
いこの字われのメモ書き

晴れて良し降つても良しと声に出しローソン
までの近道を行く

ぬばたまの暗い才能まぶしくて心をこめて頭
を下げる

赤飯を食べれば母を思ひだし食べゐることを
ふと忘れをり

遠き日に井戸の底よりひびき来し声に似てゐる
お前が悪い

わたくしが母のお腹に居しころの母のこころ
を思ふことあり

離れ住む娘のゐると思ひたき夜のメールにウ
イルスの来る

咲きてゐし形のままに枯れながらおのもおの
もに立つ麒麟草

幸せ

梅のかぜ肌に染みこむなどと言ひほがらほがらに巡りてをりぬ

幸せはなるものでなく梅の香につつまれながら感じてゐたり

若からぬ添乗員がいくたびも頭を下げて礼を
言ふなり

しばらくを眺めてゐしもこの絵はもどこから
はじまつてゐるのだらう

さびしくてまた喧嘩する雨の夜の玄関に来る
葬りの知らせ

出棺を待ちゐるときに横にきて百合は咲いたのと問ふ人のあり

喪の家のキッチン赤く灯りをり花のごとくに人らゆれをり

コスモス

これからはコスモス見ればさみどりの和服姿をおもふと思ふ

すこし間のありてひびきし　さやうなら　岡野弘彦さんの間合ひの深し

インタビュー記事読みをればうすべにのうは
くちびるの動きしやうな

雨あがる坂の上にし現れし雌鹿のやうなあな
たであつた

靴擦れの水だすやうなはかなさに過ぎゆく
日々の戻ることなく

死に近き母が表を眺めゐし後姿のこのごろ浮かぶ

勇気

歳月のこれが具体か父さんは地蔵のやうに微
笑んでゐる

九十の父のおむつの紙の音ガサゴソさせて下
げてゐるなり

恵ちやんと顔あげて呼び年金はいくらかと父
は惚けてをらぬ

ハンバーガー食べようとして走りくる足音は
呼ぶ早く早くと

繰り返し窓を指さし父さんは何を見てゐし五
階の窓に

モニターの画面は黒くなりゐしに大きな息を
二回吐きたり

初孫が生まれましたと友達のメールのとどく
葬儀の夜に

のちのちの良き算段をなししやう父はのたり
と岸を越えたり

七日過ぎまた七日すぎ縄文の女のごとく早く
眠りぬ

この岸に花赤く咲きかの岸に赫き花咲くけぢ
めのあらず

半世紀あまり経て会ふ母さんに父はいかなる
顔してをらむ

老いし父まだ若き母と彼岸にてこれから永久に暮らさなければ

これの世に怖きものなし父の死がくれし勇気ぞどんどん使ふ

いろいろの事ありてそのいろいろを一瞬に消し父は死にたり

シスターの立つ

ゆるき坂のぼるに揺れし自転車の倒れて落ちつ刹那のことに

カーテンのひらきマスクをつけてゐるシスターの立つ　いかがですかと

キリストに見つめられつつ礫のわたしの足は
動くのですか

十センチのボルト二本の入りたる大腿骨を動
かさなければ

病院の外は枯葉の走りゐてぬくとき部屋に裸
になりぬ

頑張らぬやう生き来しに春されば壁を味方に
ゆるゆる歩く

ぶつわつさ、ぶつわつつさと揺れ動く藪のな
かには何かゐるらし

足裏に吸ひつくやうな畦道をゆつくり歩く杖
をはづして

湯をはりて顔洗ふこと嬉しくて石鹸の泡ふくらますなり

普段着の丹波木綿のやはらかく小さな丸き袖のつぎはぎ

鰹縞　雨模様縞　矢《や》鱈《たら》縞　婆さまの好きだった蹣《よろ》跚《け》縞

生きるとは死ぬことなりと見つけたり　武蔵の闇に近づきゆくも

さびしさは罪ではなくて水色のイヌノフグリの泡立ちはじむ

眠りゆく枕に低くつぶやくは缶チューハイの泡の音らし

雨

たむろしてパン食べてゐし少女らも夜の巷に
吸はれてゆけり

竜巻のきさうな夕べ玉葱と卵を買ひにゆかね
ばならぬ

店先に大蟷螂の潰れをり何の用ありてここまで来しか

川原の車どけろと放送のとどろき暗き雨ふりつづく

つぎづきと車うごきてスーパーへ移りてゆけり鈍きひかりに

稔田の左なかばに立ちてゐる柿の若葉も雨に消えゆく

雲の底くづれて山にふれさうな三日つづきの雨止まぬなり

錆びながら思案してゐる錠前を叩く雨なり三日目の雨

三日目の雨のお昼は冷ご飯ぐつぐつにこむぐしゃぐじゃおじゃ

おとうとの携帯いつも車から心太つくやうに切れたり

千早振る神の暗喩かこの辺で引き返さねば羯諦羯諦波羅羯諦

ワインと蛸煎餅

雨ごとに力沈めて立ち上がる葛の蔓先すりすり伸びる

乳液の瓶に巻きゐる紐赤く朝のひかりを揺らしてをりぬ

おほははを囲みて皆の動きつつ阿弥陀籤のやうなざわめき

これまでの不屈の吾にわたくしの買ふはワインと蛸煎餅よ

赤ワイン含みつつふと唇の切れる気のするグラスの薄さ

顔面をくしゆくしゆにして嚙み砕く蛸煎餅の
誘ふワインぞ

かたくりの花の言葉は嫉妬とふ八十をとめら
の汲みまがふかな

水の輪の広がるごときしづけさに正月の来る
父ははのなく

ほれぼれと列なめてゆくかりがねの後ろふい
にし乱るることあり

言の葉の国

安来節ちよこつと名人修了書いただく夫の礼《ゐや》の深さや

出でくれば因幡の低き空を裂き雷ひかりつつ雪しぶきをり

この年の庭の水仙おそくして日かげる方に蕾の多し

山岨の椿地獄の坂のぼるボルトの入るわが足強し

坂道に日の差してゐるひとところ土に手をつき咲く花を見る

子ネズミの耳かきのやうな薄紅の花咲いてをりその名は知らず

殺人の集団なるに信者とふことばを使ふ言葉の国

目覚めればだあれも居ないキッチンに夕日来てゐる明日のやうな

六十余年戦争知らぬ国にしてこののち如何に
なるのか風よ

救急車

びび、びびびと体の中を通過する何かあるらし
電話の鳴りぬ

サイレンの遠くに籠る受話器より直ぐ来いと
いふ直ぐには行けぬ

ひとりゐる待合室に聞こゆるは雨なのだらう
暗くなりをり

半トーンづつずれてゆく雨音の低くひびきて
夜が来てゐる

心配はしなくていいといふやうに降る雨ほそ
く濡れつつあるく

病院のにほひ残りてゐるからだ祝ひの席へ運ばれてゆく

せんべい屋　仏具屋　お茶屋　古着屋をとほりて夫に会ひにゆくなり

「１００万回死んだねこ」だと思ひしに「生きたねこ」だと今朝をそはりぬ

バスとバスすれ違ふとき運転手それぞれ片手
あげゐるが見ゆ

カサブランカ

カサブランカのつぼみ日に日に膨らむに触れ
れば重く海鼠のやうな

しろたへの大き蕾ゆ透けてみゆ蕊のかたまり
ほの黒く見ゆ

つきものの落ちたるごとくつぎつぎに花びら
開き蕊とびだせり

あなたまだ間に合ふからと開きゆく百合はま
しろき吐息をはきぬ

オレンジの雄蕊の葯のゆれてゐる　ひい、ふ
う、みい、よう、いつ、むつつ

はなびらのとぢゆくときに長長しき蕊と蕊との触るることあり

雨蛙

ひまはりは東を向いて咲くのです陽を追ひかけて咲いたりはせず
勝手口に上がりて死にし雨蛙右のまなこの潰れてをりぬ

来世には父かもしれぬ蛙かも乾ききらない背
を撫でてやる

物干しの台に移せばたちまちに干からぶ四肢
の紐のやうなり

わが家に上がりて死にし蛙ゆゑ庭に埋めたり
燕の横に

夏の夜を何をしてると言ひながらいくたびも
来るふはふはと来る

ゆふぐれの白きひかりのゆれてゐるゐのころ
ぐさのかすかににほふ

己が身の拙きを泣けとぞ夜さりしみじみ沁み
る芭蕉のこころ

風かたぶきぬ

冷蔵庫の上拭きをれば探しゐし鋏いでくる紙につつまれ

三色の短き虹の立つ午後に公園橋をゆく人あらず

下がりつつ裂けてひらきし苦瓜にからくれなゐの種あまた見ゆ

地上へと吹き出すマグマ　千、万、億、兆、京、垓…赫い曼珠沙華

相思花　彼岸に捨子　曼珠沙華　きつね　剃刀　はつかけばばあ

翳りくる昼のひかりにざざざざと曼珠沙華の
しべ動きはじめつ

濁り酒ながしたやうな夕靄の橋をわたりて会
ひにゆくなり

橋ごとに冷たくなれる風吹けり剃刀花は錆び
はじめたり

いきり立つ焰のなかのお不動様をみなご一人攫つてきても

帰らない子供を待つてゐるやうな藤の実長く長くながが長し

長ながと藤の実たれて婆さまの乳房《ちちふさ》のごとゆるることあり

上野《かみつけの》安蘇《あそ》の真麻群《まそむら》抱いてゐる湯湯婆冷えて
風かたぶきぬ

ひとところ

曼珠沙華の歌をよこぎるさみどりの小さき蜘蛛を指につぶせり

カーペンターズはお好きでせうかradiko《ラジコ》よりなよたけの声ふりそそぐ朝

葉は花を花は葉を恋ひ砕けさく曼珠沙華ほそき蕊のふれあふ

コンビニのミートスパゲティくにくにとプラスチックのフォークで食べる

落としたるフォークの軽さ　細長い蕊に抱かれて眠つてゐたい

からからと崩れてゆける火柱のしづまりながら焦げゆくにほひ

燻りてなかなか消えぬ火の底ゆ月虹のごとき曲線の見ゆ

一人去り二人去りして竹さんに火の当番を任せてきたり

橋下にくすぶりてゐるひとところあれは私の
たましひの熱

高きもの

新聞に覚えし麻雀若きころ慰めくれきパイはまだある

携帯のカメラの音に振り向きし鵯の群に動けずにゐる

ボンカレーは夜に動くと噂ありレトルト・パ
ウチはしりのころに

三宮から烏丸までをどんかうに「塔」後記よ
り読みはじめたり

床にさす長方形の昼の日の左右にのびて菱形
になる

をみなごの茶髪ときをりわが頬を撫でてをり
しがガタンと落ちつ

右肩に少女の寝息ききながらともに揺れつつ
夜汽車のごとし

あかねさすワインの色の沈みゐるグラスの底
に丸き世の見ゆ

上京し湯布院帰りの兄と会ふなんだか二人極道みたい

新幹線の床にころびて外国のこどもも泣きだす泣けば気になる

ああああと泣く声ふいに低くなり男《を》の子は床にまぶたをとぢぬ

長ながと声あげ泣ける女《め》の子はもをりをりわ
れを見上げて泣くも

高きものみな羨しくてなかんづく鼻の高さや
世は変はらねど

三角定規

パソコンの眼鏡といふが気に入りて庭にでて
見る南天の色

ともしびのパールブリッジ見るたびに思ふ人
あり会ふことはせず

泥酔の男の呻くやうなこゑ川むかうよりせり
上がりくる

船乗りのころの夫の使ひゐし三角定規のなか
の小さき丸

透明の穴より見れば視野狭く世界は丸く鮮明
である

をりをりにごりやくりやくごりやくと唸りて
動く古きプリンター

検診のレントゲン前あしたより老若男女よく
喋るなり

市場には義眼の男ふたりゐき幼きころは深く
思はず

水面にひかり満たして月のぼる川はかすかな
よろこびの声

ためらはず夜に爪きるさびしさは判子のやう
なさびしさである

泣くために聞く留守電の父のこゑそやけどな
あは口癖なりき

魔法瓶

万華鏡のなかに坐りてゐるやうな昼のベンチに花の散りつつ

バス停のベンチに立てる魔法瓶われよりほかに人のをらざり

あとで見ることなど無いと思ひつつ彫刻の講
義書き留めてゐる

心とは乱るるものと心とふ飛びゐる文字が教
へてくるる

地下鉄にクレジットカード　図書館にsuica
買ひ物に診察券だす

ベンチにて二夜泊まりし魔法瓶レンブラント
の夜警のひかり

雨にぬれ風に倒れぬ魔法瓶あるじの家に帰り
たからむ

門出でて帰らぬこともありぬべし向かひの家
に紫木蓮さく

極道の暮しでしたと泥に立つ蓮のうすべにぽ
んと開きつ

前うしろ娑婆気しやばけ　右ひだり妖怪　す
だま　人　蓮の花

真つ黒で目の判らない鳥ゆゑにいつぽんの線
消えて鳥に

押すドアを押し返しくる夜の風の重たけれども押し返したり

自転車

雨なのに集まるといふ男ども銀輪のおと底ごもりゆく

音のなく雨ふりだせばお布団をいちまい敷きて昼を眠りぬ

昼寝よりさめれば雨のやみてゐて燕のこゑの近くに聞こゆ

百均の万年筆の書きやすく楽しきことを書かむと思ふ

それぞれの自転車の影したがへて男七人坂あがりゆく

影なれば車輪うごかず自転車の形そのまま坂
道あがる

自転車の右横のかげ後ろへと落ちることあり
短くなりて

走行の自転車のみの動画にてその夜の再生三
十一回

くまさんが疲れてゐると動画よりもれくるこゑのまだらにひびく

赤穂への地獄の七曲り自転車の隠れつ見えつまた隠れたり

子規庵

晴れ女ふたり遊べば台風も早や過ぎにけり傘
が邪魔なり

子規庵の糸瓜のしたに群れてゐる紫蘭《しらん》はいつ
からあつたのだらう

膝入れる板のスライド人みなの詠むといへど
も佳き机なり

紫蘭とは鎮痛　止血の漢方とふ子規の植ゑた
る花かもしれぬ

俗ホテル居並ぶなかの子規庵に時空ゆがみて
糸瓜の下がる

大三元

天皇は死なぬと言ひし世のありて畦に色あせし曼珠沙華立つ

またなくか　またなくのかと言はれても大三元はなかねばならぬ

ないて なき目からけむりのでるやうな速さにあがる大三元はも

だしまきも芋もフォークに食べながら野良猫のごと楽しくなりぬ

ゆたんぽを振ればほろほろこぼれくる去年の水を南天にまく

産経に赤旗　朝日　天理教　紙の重さはこころの弱さ

東寺・立体曼荼羅

海苔巻の煎餅二枚のお昼にて立体曼荼羅へ飛び込んでゆく

剣持ちて迎へてくれし持国天触らぬやうに如来へ進む

立つ　坐る　二十一体の御仏のさやぎやまざるこれが曼荼羅

左手にころもの端をつまみゐる宝生如来に飾り物なし

一本に編み込む髪を明王は耳に垂らして燃え盛るなり

梵天も帝釈天も眉間より縦長の目を開きてをりぬ

三つ目の額のまなこに見られゐるあなたはどんなあなたでせうか

ハンサムな帝釈天の頭だけ後世のものなり納得をする

夕つ日のかげりくる庭ゆるやかに茎よりゆれる蓮を見てをり

墨色の蓮の花托の並び立ちこの世へふはり戻りしやうな

吾亦紅

かげりくるひかりとともに降りゆきし少女の
あとの席に移りぬ

坐りゐし人のからだの温もりに重ねて坐る端
つこの席

いつしらに暗くなりゐて一泊の旅に重たき
「塔」持ち歩く

栗木さんに似た人が階おりてくる京都駅だと
近づいて見る

とびきりに月がきれいといふメールなにやら
嬉し女友達

親指を右手につつみ印結び如来になれる良夜なりけり

夢のなか夢の火のなか炎より迦陵頻伽の笛ひびきくる

丸き穂の紅くて暗い吾亦紅　わたしはさうは思はないけど

元朝の亀

山の端に触れつつ丸き月のぼるほの赤くして
よろこぶごとし

見るうちに山の端はなれあがりくる月はかす
かに右下かける

枕辺に新しき下着おいてゐし正月などもけぶりて消えぬ

すべるごと進みゐし亀おもむろに水を割りつつ顔をだしたり

元朝のかがやく石にゆつくりと上がりくる亀みづを垂らして

「たかじんはあかんかつたな」が挨拶になりてほとほと冬ふけにけり

丹後国風土記の亀は五色にて眉目秀麗の浦島が居る

あとがき

本集は『じゃがいもの歌』、『ニパータ』、『ありがたう』に続く四番目の歌集です。

二〇〇一年九月から二〇一四年二月までに、「塔」「鱧と水仙」「短歌現代」「歌壇」「短歌研究」「短歌新聞」「短歌往来」「現代短歌新聞」に発表した歌から五百三首を選び、概ね編年順に纏めています。

『ありがたう』から十三年が経っており、「塔」の敬愛する友人、栗木京子さんに目を通していただき、帯文を書いて頂きました。本当に有難うございました。

また、「塔」と「鱧と水仙」の良き仲間に恵まれての持続を改めて感じています。

歌集出版に際して、現代短歌社の道具武志様、今泉洋子様をはじめスタッフの皆様に大変お世話になりました。本当に有難うございました。

落合けい子

曼珠沙華の花が開いた日に

歌集 赫き花　塔21世紀叢書第260篇

平成26年11月29日　発行

著　者　落合けい子
〒671-2134 姫路市夢前町菅生澗113-10
発行人　道具武志
印　刷　㈱キャップス
発行所　**現代短歌社**
〒113-0033 東京都文京区本郷1-35-26
振替口座　00160-5-290969
電　話　03(5804)7100

定価2500円(本体2315円+税)
ISBN978-4-86534-066-2 C0092 ¥2315E